L'OMICIDIO DI PIAZZA MARTIRI

1

Caterina era in Piazza Martiri dove si stava svolgendo la festa del Novara F.C.

La squadra era recentemente tornata nei professionisti e la piazza era gremita di tifosi ansiosi di applaudire i loro beniamini e di godersi lo spettacolo organizzato per l'occasione.

Caterina non era lì per svago, aveva degli auricolari nascosti abilmente sotto i lunghi capelli neri e osservava attenta la folla.

Si trovava a lato del palco, dove, in quel momento, iniziava la presentazione della squadra.

In piazza si contavano almeno duemila persone, un bel risultato.

Belotti dirigeva le operazioni da una volante posizionata di traverso davanti al Barlocchi. Nessuna auto poteva accedere a quella piazza, vista anche la concomitanza con i festeggiamenti per lo scudetto del Milan.

Giorgia, anche lei in borghese, era mimetizzata tra i tifosi più caldi, ma loro pensavano solo a festeggiare e a intonare cori. Le bandiere sventolavano e, al nome di ogni giocatore, partivano grandi applausi e si accendeva qualche fumogeno.

L'agente Noto era posizionato dietro al palco.

Non era un evento a rischio, ma con i pazzoidi che ci sono in giro era meglio essere pronti a qualsiasi evenienza.

Sul palco, dopo la sfilata dei giocatori, era il momento della musica. Jerry Calà e Andrea Roncato duettavano, con un repertorio di vecchie canzoni che avevano ancora il loro fascino.

Tutti ballavano, i locali della piazza erano pieni. Tutti avevano voglia di fare festa.

All'improvviso un boato assordante. La gente, presa dal panico, si mette ad urlare e fugge in tutte le direzioni, travolgendo e calpestando qualche tifoso. Caterina cerca di capire cosa sia successo, ma si sentono solo le grida delle persone e il pianto di alcuni bambini che hanno perso la mamma.

Solo in un secondo momento, si formò un capannello di gente con lo sguardo rivolto a terra.

Lì giaceva un uomo con la maglietta della serie C, completamente rossa di sangue: l'aveva aggiunto un proiettile nella schiena.

In poco tempo le forze dell'ordine presero possesso della piazza.

La gente rimasta fu interrogata tutta la notte da una trentina di agenti, sopraggiunti anche dall'hinterland milanese.

Alla fine, si contarono un centinaio di contusi.

Ore 7:00

Caterina era seduta su una panchina dell'Allea con in mano un cappuccino fumante in un bicchiere di carta. Belotti, che era di fianco a lei, aveva optato per un caffè, che stava fissando, manco potesse leggere all'interno della tazzina il suo futuro.

«Cate, siamo nella merda. La vittima è un famoso professionista e membro di spicco di un esclusivo club privato di Novara».

Nessuno aveva visto niente. Anche coloro che si erano trovati in prossimità dello sparo, non avevano capito da dove fosse partito il colpo.

La vittima era stata raggiunta da un unico proiettile alla colonna vertebrale, che si era spezzata nell'impatto, lasciando il cadavere in una posizione innaturale.

Il dottor Ramazzotti aveva già fatto tutte i rilievi del caso e ora era rientrato in obitorio per l'autopsia.

Il questore aveva tuonato che voleva il caso risolto in tre giorni, altrimenti sarebbero saltate delle teste.

Belotti fumava una sigaretta dietro l'altra, non l'ideale per Caterina che stava provando per l'ennesima volta a smettere.

«Caterina, porca puttana, non ci voleva proprio un omicidio, in questa notte di festa. Cosa siamo diventati, se un uomo riesce ad uccidere deliberatamente un altro essere umano in mezzo alla folla, in un modo così sfacciato?»

Caterina guardò il suo capo con comprensione. Lui avrebbe voluto il giusto dappertutto. Non poteva tollerare che una persona potesse ucciderne un'altra, nonostante avesse visto molte più vittime di lei. Anche Cate non aveva più fiducia nel genere umano, tutto le faceva schifo.

«Vedi Riccardo, non c'è più rispetto, non ci sono più valori. È una società di merda, dove il buono e il cattivo si mescolano come i semi delle carte. Come cazzo fai a sapere se il fante di picche è un assassino o un benefattore? Non mi piace più 'sta merda, non mi ci abituerò mai».

Nel frattempo, erano arrivati il presidente del Novara F.C., il sindaco e una serie di persone influenti che fissavano con insistenza Belotti, impazienti di parlare con lui.

«Cate, vola in questura. Dobbiamo risolvere il caso in fretta. Chiama tutti, può essere la svolta per aprire la tua task force».

Caterina era già girata verso la questura, che era lì a due passi …

Caterina entrò trafelata, corse nel suo ufficio e chiamò i "suoi".

Mezz'ora dopo lei, Giorgia, Crypto e Noto erano nella sala riunioni.

Caterina aveva preparato la sua lavagna con la foto della vittima e tutti i suoi dati.

«Ragazzi, nessuno nella piazza è stato trovato in possesso di una pistola e l'arma non è stata rinvenuta. Quindi l'assassino l'ha buttata da qualche parte o se l'è tenuta. Nei dintorni della piazza hanno già controllato questa notte, ma niente da fare. Voglio che ognuno trovi tutto quello che c'è da sapere sul nostro uomo, notizie ufficiali, ufficiose, voci. Quello che volete, poi le vaglieremo. Crypto, tu mettiti al lavoro con i social. Giorgia, fai le pulci alla vittima. Non avendo moventi o sospettati, dobbiamo partire dal morto. Noto, tu verrai con me a interrogare la moglie. Forza ragazzi!!»

Tutti si misero al lavoro, sparendo nei rispettivi uffici.

Noto seguì Caterina fuori dalla sala riunioni. Si diressero verso l'uscita, pronti ad andare ad interrogare la vedova.

Belotti entrò in quel momento. Aveva l'aria di chi è stato messo in un forno: sudato, arrossato…

Il completo Armani era sgualcito e non disse una parola, passò loro a fianco e si rintanò nel suo ufficio.

Caterina capì che la pressione su questo caso era alta. Doveva assolutamente risolvere quel crimine in fretta, era l'unico modo per mettere un po' a posto le cose

La villa del noto imprenditore era a dir poco sfarzosa.

A fine maggio il giardino era un'esplosione di colori, il profumo dei fiori era inebriante, ma era pieno di api, che per quanto carine, facevano una gran paura a Caterina. Una volta era andata in shock anafilattico.

Venne ad aprire una domestica, che silenziosamente li condusse attraverso un lungo corridoio dove faceva bella mostra di sé una preziosa collezione di libri antichi.

Il marito e vittima era Edoardo Balti, luminare di psicologia e psicoterapia.

Era anche uno stimato ipnotista e molte persone, polizia compresa, si rivolgevano a lui per rievocare ricordi sepolti nell'inconscio.

Virginia Balti era seduta su una poltrona, rivolta verso una tv spenta.

Sul tavolino al suo fianco diversi blister di farmaci e una bottiglia di whiskey mezza vuota.

Per terra c'erano delle foto del matrimonio.

Caterina e l'agente Noto attesero in silenzio, poi la donna si girò verso di loro.

Aveva il trucco che colava, gli occhi vitrei, l'aria sgualcita.

Chiese cinque minuti per rassettarsi e si diresse verso il bagno.

Poco dopo ne apparve una donna diversa, struccata, con i suoi cinquantacinque anni portati maluccio.

«Signora Balti, lo so che è un momento difficile, ma noi dobbiamo farle alcune domande. Spero non sia un problema».

La donna annuì e si preparò a rispondere.

Caterina riprese.

«Virginia, la posso chiamare così?»

«Certo, niente stronzate formali. Dovete scoprire chi ha ucciso mio marito e dovete farlo in fretta, altrimenti so io a chi rivolgermi. Ho molte conoscenze, sa?».

Caterina si girò verso Noto che la guardava, poi contò fino a cinque e disse: «Virginia, le assicuro che faremo il possibile, se non di più, per trovare al più presto l'assassino di suo marito. Comunque noi facciamo sempre così, lavoriamo giorno e notte per assicurare i criminali alla giustizia. Ci sarà una task force che seguirà questo caso» bluffò…

«Addirittura una task force?» disse Virginia, illuminandosi per qualche secondo.

«Sì, sono a capo di una task force che lavorerà esclusivamente al caso di suo marito. Mi chiamo Caterina Martelli e mantengo sempre le promesse» bluffò nuovamente. Ovviamente non poteva essere sicura di risolvere il caso in pochi giorni, ma a quella donna in quel momento serviva sentire quelle parole.

Il resto della chiacchierata fu molto istruttiva. Aveva ragione: dovevano scavare a fondo nella vita della vittima.

Crypto aveva lavorato tutto il pomeriggio, ma non aveva trovato nulla di particolarmente interessante. A parte qualche conversazione WhatsApp con delle prostitute, poi cancellate, non c'era altro.

Anche la moglie non sembrava nascondere particolari segreti.

In compenso la governate peruviana aveva dei precedenti nel suo paese, per tentato omicidio.

Era una storia vecchia di vent'anni, dieci dei quali passati in un carcere del suo paese. Dovevano parlarle.

Noto partì dalla questura per andare a prenderla, ma, quando arrivò a casa Balti, trovò una brutta sorpresa. La donna sudamericana aveva fatto i bagagli ed era scappata.

La signora Balti piangeva, non si capacitava potesse c'entrare qualcosa, era sempre gentile e riservata.

Fu emesso un mandato di cattura internazionale per la donna, tale Marika Estudiantes. Il telefono era spento e non aveva usato carte di credito.

Caterina in questura fumava di rabbia. Aveva fretta di interrogarla, ma la donna era sparita. Dovevano trovarla!!

Belotti irruppe nell'ufficio di Caterina, la guardò intensamente, chiuse la porta, poi si calmò. Si sedette di fianco a lei e si mise a piangere.

La poliziotta si commosse. Sapeva che aveva pianto quando lei era in ospedale, ma non gliel'aveva mai visto fare di persona.

Era decisamente in imbarazzo e la prima cosa che fece fu abbracciarlo e portarsi il suo viso al petto.

Belotti era disperato, forse stavolta le pressioni erano troppe o avevano superato il suo limite.

Caterina cercò di dire quanto fosse difficile il loro mestiere, soprattutto se si hanno delle responsabilità.

Belotti però la fermò, si asciugò le lacrime e riprese il solito aplomb. Poi disse: «Cate, se non risolviamo il caso entro domani, mi trasferiranno. Niente più task force, niente più Novara» e gli si inumidirono nuovamente gli occhi.

Caterina impallidì. Non aveva mai considerato possibile che il suo capo potesse essere trasferito.

«Riccardo, risolverò il caso entro domani sera a mezzanotte, te lo prometto» bluffò per la terza volta in quel giorno.

«Grazie Cate. Spero che andremo a fare una bella cena per festeggiare la chiusura del caso, la mia permanenza e la tua task force».

Poi si girò e chiuse delicatamente la porta alle sue spalle.

*****

Marika Estudiantes stava fumando una sigaretta. Faceva caldo e il mare era scintillante.

Finalmente una macchina accostò, lei salì e l'auto si diresse verso i vicoli del centro di Genova.

Poco dopo Marika e suo cugino Raul stavano cenando con la zia.

Quella sistemazione era momentanea, non ci avrebbero messo molto a scoprirla.

Decise di dormire qualche ora, prima dell'alba sarebbe partita per la sua destinazione finale.

Crypto non ci aveva messo molto a localizzare la donna.

In quel momento dei colleghi stavano andando a prenderla.

Marika non era riuscita ad addormentarsi e il rimorso la stava tormentando.

Prese una decisione, salutò la zia e il cugino e uscì, non li avrebbe più rivisti…

Arrivata in strada, chiamò un taxi, che accostò poco dopo.

Disse la destinazione all'autista e l'auto partì, mentre stavano sopraggiungendo le volanti della polizia.

Marika sudava freddo.

Si fece lasciare di fronte alla questura di Genova, salì le lunghe scale e andò incontro al suo destino.

Tre ore dopo era in questura a Novara di fronte a una Caterina nera come la notte dal nervoso.

*****

Caterina guardava Marika con occhi iniettati di sangue.

Se quella donna avesse ucciso il suo datore di lavoro a sangue freddo, glielo avrebbe estorto, a costo di tornare ad usare i vecchi metodi.

«Marika, perché sei scappata?».

La donna era piccolina, ma molto legnosa. Aveva una canottiera bianca, che le metteva in risalto le belle forme. Le braccia tornite.

Esordì con una voce molto bassa: «Perché mi stanno cercando».

Caterina era basita, non aveva vagliato quell'ipotesi.

«Continua» disse la mora poliziotta.

«Una gang peruviana mi sta cercando per il tentato omicidio di mio marito. Nonostante abbia pagato caro il mio errore, non è niente rispetto all'errore di non averlo ucciso. Era un ubriacone, picchiava me e i nostri figli. Una sera non ci ho visto più, ho preso un coltello e gliel'ho ficcato tre volte nel petto, ma… il bastardo se l'è cavata. Ho affidato i miei figli a dei parenti in una zona remota del Perù e, quando sono uscita dal carcere, sono venuta in Italia ospite di una connazionale, poi ho conosciuto la signora Balti in una mensa per i poveri e dopo un po' mi ha chiesto di fare da governante a lei e suo marito. Io in Perù facevo la cuoca e rassettavo casa tutti i giorni dopo il lavoro. Farlo a pagamento e in regola era la migliore cosa che potesse accadermi. Non ho ucciso io il dottore, gli volevo molto bene ed ero grata a lui e a Virginia. Non gli avrei mai fatto del male».

Caterina era colpita dalla storia di Marika, ma voleva verificare.

«Marika, chi ti cerca? Come facciamo a proteggerti?»

La piccola sudamericana scoppiò in lacrime, poi raccontò che durante un'intervista al dottore per un canale internazionale, era entrata nell'inquadratura senza accorgersene.

Ieri, cioè un mese dopo, era arrivata una cartolina dal Perù.

«E cosa c'era scritto?» chiese Caterina sempre più incredula.

Ciao amore, non vedo l'ora di vederti, spero di essere da te prima della cartolina.

«Porca puttana, dobbiamo proteggerti».

Caterina chiamò l'agente Noto e lo istruì su come far sparire Marika, fino alla risoluzione del caso.

Killer sudamericani, un omicidio alla festa della squadra della città, poteva andare peggio?

Belotti entrò in quel momento, baciò Caterina su una guancia, poi disse: «Ho chiuso qui, il questore ha appena accettato le mie dimissioni». Si girò e se ne andò.

In quel momento la poliziotta si disse che avrebbe risolto i due casi entro la mezzanotte successiva.

Guardò l'ora: 00:00… aveva ventiquattr'ore. Telefonò al questore, poi si mise al lavoro.

Crypto stava ingurgitando bevande energetiche, mentre Noto era al pc a scandagliare tutti i casi del dottore. Era un lavoro immane, ma vicino a lui c'erano dieci agenti volontari, che lo stavano aiutando, in cerca di qualche collegamento.

Giorgia stava contattando i suoi informatori sudamericani.

Un agente addestrato era con Marika e Virginia in una casa sicura, armato e pronto a fare fuoco e altri due agenti in borghese sorvegliavano l'esterno.

Caterina in quel momento poteva fare solo una cosa…

Venti minuti dopo era seduta nell'elegante salotto dell'attico di Belotti.

La moglie lo aveva lasciato e non c'erano più sue tracce lì dentro.

Idem per i figli, che la donna aveva portato con sé.

L'assegno di mantenimento era cospicuo e senza lavoro sarebbe stato difficile pagarlo per Riccardo.

«Perché hai dato le dimissioni?»

Belotti si coprì la faccia con le mani, sbuffò, poi disse: «Non ce la faccio più, ho superato il limite, devo fermarmi a riflettere».

Caterina capiva il suo capo, ma fino ad un certo punto. Lei preferiva lavorare piuttosto che stare a casa a piangere.

«Riccardo, ti ricordo che sei il nostro capo. Hai delle responsabilità verso le vittime, ma anche verso di noi. Adesso dormi che è tardi, domattina hai appuntamento con il questore alle sette in punto».

Poi si girò e chiuse la porta alle sue spalle.

Belotti guardò la tele spenta, si asciugò le lacrime e abbozzò un sorriso…

Caterina uscì nella notte, senza una meta precisa.

Decise di andare a bere un caffè in centro e fare due passi per schiarirsi le idee.

Parcheggiò sull'Allea e scese verso piazza Martiri.

Mancava poco all'inizio dell'estate, ma zanzare e afa si facevano già sentire.

Caterina decise di prendersi una birra.

Si sedette a un tavolino fuori dal Plaza, ordinò una Weiss e si guardò un po' in giro.

In questura l'agente Noto continuava a scandagliare i casi del dottore.

Incrociando i dati giudiziari dei pazienti, il poliziotto isolò cinque nomi che meritavano un approfondimento.

***

Caterina aveva ricevuto una telefonata dal carcere femminile di Vercelli. C'erano dei problemi con Margot, che iniziava a risentire della permanenza in quel luogo.

Caterina stava lottando per farla trasferire, ma si scontrava con l'opposizione dei vertici della polizia. La punizione di un'assassina doveva essere esemplare, soprattutto per l'opinione pubblica, trattandosi di una rappresentante delle forze dell'ordine.

Caterina entrò nell'ufficio del direttore del carcere pochi minuti dopo. Aveva battuto tutti i record di velocità conosciuti.

L'uomo, che non era stupido, aveva capito che Margot sapeva qualcosa e che teneva in pugno Caterina e voleva delle spiegazioni dalla poliziotta.

Margot farneticava di un segreto su di lei, per cui pretendeva un trattamento di favore.

Caterina era pietrificata, quella cazzata poteva farle perdere tutto.

Poteva scordarsi il lavoro in polizia, tutto sarebbe svanito.

Non volle nemmeno accettare quell'ipotesi, così si prodigò ad inventare una balla colossale al direttore, che sembrò crederci. Anche questa volta aveva bluffato, ma erano le sue ultime fiche.

Le fu concesso di vedere Margot, riuscì a strapparle una promessa, ma doveva fare in fretta, molto in fretta...

L'agente Noto, coadiuvato dai colleghi, era riuscito a rintracciare i cinque uomini.

Due si trovavano in carcere, quindi erano depennati dalla lista. Altri due erano in città e l'ultimo risiedeva a Torino.

Due volanti partirono nella notte, con le sirene accese. Mezz'ora dopo erano di ritorno con i due uomini.

Da Torino però non arrivavano buone notizie, il ricercato era irreperibile… due su tre, meglio di niente.

Caterina iniziò il primo interrogatorio. Aveva la camicia di lino bianca, che ormai usciva dai pantaloni, lo sguardo stanco ma combattivo.

Sergio Dolcetti, una marea di precedenti penali e un bel po' di anni passati dietro le sbarre, attualmente era domiciliato a Novara in una zona periferica e lavorava saltuariamente come falegname, attività che aveva appreso in carcere.

«Sergio, ti dico subito perché sei qui. Hai saputo dell'omicidio del dottor Balti? Abbiamo scoperto che molti anni fa eri finito in carcere a seguito di una sua perizia. Il dottore, infatti, era riuscito a fare riaffiorare un ricordo decisivo per la tua condanna, tramite l'ipnosi».

Dolcetti fulminò Caterina con lo sguardo, ma alle sue spalle c'era un agente pronto a bloccare qualsiasi sua idea stupida.

«Senti spilungona, ho pagato il mio debito con la società. Adesso rigo dritto e, anzi, la sera dell'omicidio non ero nemmeno in città».

Caterina incuriosita, chiese prove.

«Troverete nel mio appartamento due biglietti per il concerto di Elton John a San Siro, proprio per quella sera».

«E come puoi provare che sei andato anche tu al concerto? So che c'erano cinquantamila persone, difficile verificare» disse Caterina con sarcasmo.

L'uomo, rasato e muscoloso, allungò il cellulare alla poliziotta.

«5390 è il codice di sblocco. Troverai un bel servizio fotografico. Sai, io amo condividere le mie cose sui social, ce ne sono molti di post di quella sera».

Caterina diede una rapida occhiata, poi ricevette un messaggio dal dottor Ramazzotti.

Avevano trovato i biglietti, ma la perquisizione non era ancora finita.

La poliziotta guardò Sergio Dolcetti, poi lo invitò a restare seduto lì, fino alla conclusione della perquisizione.

Lui chiese che gli portassero da mangiare e da bere e fu subito accontentato. Non era il caso di fare storie…

Due ore dopo Sergio stava camminando placido nel parco accanto alla questura, si vedeva l'alba spuntare dietro i palazzi antistanti, faceva già caldo.

Caterina intanto era alle prese col secondo interrogatorio.

Ore 06/00   - 18 ore…

Piermario Braschi era seduto di fronte alla poliziotta, si stavano guardando negli occhi.

Lui era grosso, molto grosso. Era anche particolarmente incazzato, essendo stato tirato giù dal letto.

«Cosa vuoi, sbirra?» disse Braschi sputacchiando

«Ho bisogno di sapere dove ti trovavi l'altro ieri sera».

Lui ci pensò su, poi fornì il suo alibi.

Nella sera in questione Piermario stava consumando un rapporto omosessuale di gruppo.

In città c'erano delle feste, in cui si facevano delle grandi ammucchiate, e ammise che si faceva anche uso di droghe, ma lui era pulito.

Spiegò di una storia di abusi subiti in carcere, da parte di detenuti più potenti e rispettati di lui, che gli aveva lasciato in eredità questo tipo di devianza.

Caterina lo interruppe: «A me non frega un cazzo del tuo trattamento, sono più interessata al modo in cui sei finito dentro» e continuò: «Piermario, tu eri in carcere per stupro, ti aspettavi qualcosa di diverso? Senza offesa».

Aveva drogato una ragazza e l'aveva stuprata. Il professor Balti, in una seduta di ipnosi aveva fatto riemergere il ricordo di un tatuaggio che l'uomo aveva all'inguine, e il resto è storia… «La ragazza poi si è suicidata, questo lo sapevi?».

Lui abbassò la testa, era ovvio che lo sapesse.

Poi però trovò coraggio.

«Ho fatto tante cazzate nella mia vita, ma ho cambiato strada. Come sa lavoro e ho una casa. Rigo dritto. E con quella ragazza non c'entravo niente».

«Sì, ho letto le tue deposizioni, ma il giudice ti ha condannato, la tua storia non era credibile».

Lui chinò il capo.

«Mi spiace per quella ragazza. Mi drogavo molto all'epoca, lo so che non è una scusa, ma è quello che è successo. Il passato non si cambia».

Caterina rimase abbastanza colpita dalla storia di quell'ormai uomo.

Poi però riattaccò: «Voglio avere tutto quello che sai su quella serata. Dammi tutti i nomi, il luogo e i contatti e forse ti lascerò tornare a casa entro stanotte».

Lui si fece dare il telefono, sul quale Crypto aveva già lavorato, e annotò alcuni dati su un foglio.

Nella mezz'ora successiva tutti i nodi vennero al pettine. Caterina riuscì a contattare l'uomo che gestiva quell'attività e scoprì che esisteva anche un video del grande salone dove si svolgevano le "festicciole". Lei promise di non interessarsi alle orge che si svolgevano in quella casa e le arrivò il video di tutta la serata.

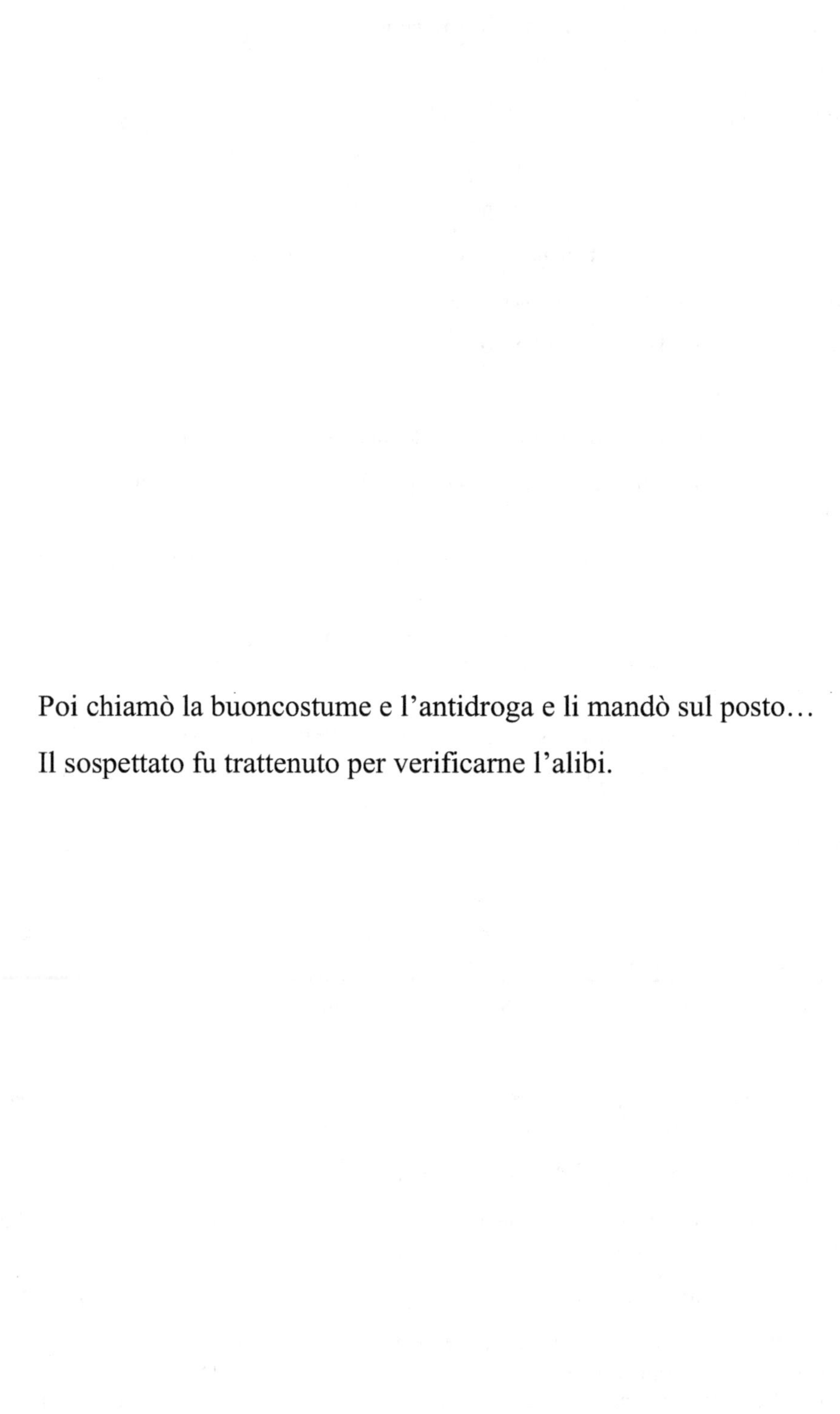

Poi chiamò la buoncostume e l'antidroga e li mandò sul posto…

Il sospettato fu trattenuto per verificarne l'alibi.

Ore 8:00 - 16 ore

Crypto stava ancora scavando nella vita del dottore, ma ormai aveva davvero scandagliato tutto.

Contemporaneamente stava anche monitorando il delinquente di Torino, che per il momento risultava irreperibile.

Crypto aveva già creato degli alert sul suo pc, aspettando che l'uomo si collegasse in qualche modo.

Aveva veramente fame, dopo una nottata a energy drink e patatine.

Si alzò dalla scrivania stiracchiandosi, indossò i suoi Ray Ban a specchio e lasciò la questura, per andare a fare colazione.

Incrociò Belotti che usciva dall'ufficio del questore. Non aveva una bella faccia, così Andrea Brambilla, alias Crypto, tirò dritto facendo un cenno col capo.

Mentre il giovane stava addentando una fettona di pizza riscaldata il suo orologio emise un suono, lui strabuzzò gli occhi, poi lasciò cadere la pizza e corse in questura.

Nel mentre stava già telefonando a Caterina.

Il terzo uomo era a Novara e precisamente a casa Balti.

Caterina stava scorrendo con malavoglia le immagini di quella notte, tra corpi che si ammucchiavano e rapporti sessuali espliciti. Erano immagini estremamente forti.

La telefonata di Crypto arrivò all'improvviso e le fece scendere le scale alla velocità della luce. Prese la sua auto. Da un paio di mesi aveva abbandonato la sua BMW superpotente e si era comprata una Mini John Cooper Works GT da 306 cavalli, una vera saetta.

Il tragitto verso villa Balti era stato coperto in appena cinque minuti. Quando Caterina giunse a destinazione, alcuni colleghi di pattuglia nella zona erano già sul posto.

L'uomo si era barricato in casa e pretendeva di vedere il dottore.

Da fuori avevano provato a spiegargli che il dottore era morto, ma lui non ci sentiva, voleva vederlo e basta. Minacciava di bruciare la casa e di suicidarsi.

Caterina prese il telefono e chiamò casa Balti.

L'uomo rispose dopo qualche squillo.

«Che c'è?»

«Sono Caterina Martelli, un'investigatrice di polizia. Vorrei parlarti, se non ti dispiace».

L'uomo al telefono rimase in silenzio qualche attimo, poi annuì con un grugnito.

Caterina riprese con calma olimpica: «Sei armato?»

«Sì, ovvio, e ho già cosparso la casa di benzina», poi le fece sentire lo sfregare della pietrina di un accendino.

Caterina non si scompose e continuò a parlargli.

«Se esci immediatamente, ti possiamo aiutare. Non hai commesso un reato grave, possiamo risolverla, non ci costringere ad agire. A proposito, bella la tua pistola».

L'uomo ebbe un momento di esitazione, poi una scossa elettrica fortissima. Un agente munito di taser, resosi conto che in realtà nella casa non c'era benzina, lo aveva fritto.

Il terzo sospettato fu trasferito in ospedale, il taser l'aveva conciato per bene.

Caterina ricevette una telefonata da Noto. La casa sicura era sotto tiro, era un attacco in piena regola.

All'esterno della villetta di Vignale, dove era ubicata l'abitazione segreta, arrivavano colpi di armi automatiche da più parti.

Gli agenti all'esterno stavano rispondendo al fuoco, mentre l'agente speciale era all'interno con Virginia Balti e Marika. Aveva barricato la porta con dei mobili e abbassato le tapparelle elettriche in metallo.

Non potevano fare molto, se non resistere.

Caterina stava volando sulla sua Mini, per arrivare sul luogo della sparatoria.

Dalla questura di Novara erano partite dieci volanti e due camionette.

Una volta arrivati a destinazione, ogni forma di conflitto era cessata.

L'accesso alla casa era disseminato di bossoli e caricatori e c'era sangue, tanto sangue.

I tre agenti erano stati uccisi e le due donne rapite.

Ma con chi cazzo avevano a che fare? Chi era veramente Marika? E il suo ex marito?

Caterina lasciò i colleghi a fare i rilievi, non aveva tempo da perdere.

Una volta tornata in questura, l'agente Noto la informò che Bruno Spargisale, l'uomo di Torino, si era ripreso e che lo stavano scortando lì.

Mentre attendeva, Caterina mise il naso nell'ufficio di Belotti, ma lui non c'era. Gli mandò un messaggio, ma non ricevette risposta.

Bruno Spargisale fece il suo ingresso in questura ruttando, sbavando e urlando. Era fuori controllo.

Caterina non si scompose, lo prese per le manette e lo trascinò all'interno della sala interrogatori.

Lui con riluttanza guardò la poliziotta e le sputò addosso.

Caterina, che non aveva nemmeno più un grammo di pazienza, prese il fascicolo rilegato del caso e glielo sbatté sul muso. L'uomo si calmò.

«Bene Bruno, adesso che ti sei calmato possiamo chiacchierare un po'. Cosa ci facevi a casa Balti? Il dottore è stato ucciso. Strano che non lo sapessi, la notizia è rimbalzata su tutti i telegiornali. E sai che ti dico? In questo momento sei balzato in cima alla lista dei sospettati».

Bruno Spargisale grugnì qualcosa, poi ebbe un mancamento.

Subito venne fatta arrivare un'ambulanza, che constatò il collasso dell'uomo. Era ancora troppo presto, dovevano riportarlo in ospedale.

Caterina schiumava rabbia. Decise di prendere un caffè nella cucina della questura.

Mise i chicchi a macinare nella macchina professionale, che aveva regalato loro Allievi, poi quando l'aroma pungente del caffè forte impregnò l'aria della cucina, chiuse gli occhi e si portò la tazzina fumante alla bocca.

«Caterina, vieni subito nel mio ufficio».

Belotti aveva urlato così forte che alla poliziotta cadde la tazza e si ruppe in mille pezzi. Era un regalo di Monica. La cosa la fece parecchio incazzare, ma in quel momento il suo capo era più importante.

Belotti la condusse nel suo ufficio, chiuse la porta e disse solo alcune frasi.

«Cate, so che hai dei sospettati, lo so che risolverai questo caso per mezzanotte, ma noi non abbiamo idea di dove siano Virginia e Marika. c'è tutta la polizia che le cerca, ma fino ad ora niente. Abbiamo a che fare con dei professionisti. Ho deciso di prendere sei mesi di aspettativa, magari faccio un po' di ricerche per mio conto. Devo guardarmi dentro..., spero tu capisca».

Caterina continuava a non capire, e glielo disse.

«Cate, non puoi sempre pretendere che il mondo giri intorno a te. Io ho le mie esigenze. Non ti preoccupare per me, ma sappi che qualunque decisione io prenda è sempre per il bene tuo e soprattutto della squadra. Ho bisogno di stare un po' in panchina. Quindi è così».

Poi il capo uscì senza nemmeno ascoltare cosa avesse da dire il suo migliore elemento.

Caterina rimase di sasso, non aveva parole, a lei non sarebbe mai capitato…

La sua spinta era l'uccisione di sua sorella, non si sarebbe fermata mai…

Tornò in cucina, si rifece il caffè, lo bevve bollente, disse tre parolacce e andò a fumare una sigaretta sul balcone.

E anche oggi smettiamo domani…

Finita la sua bionda, non aveva altro da fare che continuare a guardare quel video orribile.

Nelle tre ore successive alla poliziotta venne spesso da vomitare. Finalmente, quando ormai era sfinita, notò una cosa decisiva.

Fece scorrere le immagini veloci e poco dopo ebbe la sua conferma.

Piermario Braschi si era allontanato mezz'ora dall'ammucchiata. Proprio nell'ora dell'omicidio!!

Il luogo degli incontri si trovava a pochi passi da Piazza Martiri.

Ore 14:00 - 10 ore

Quando arrivò un agente a prenderlo, Piermario Braschi stava piangendo. Il poliziotto lo ammanettò e lo condusse in sala interrogatori.

Lui camminò a testa bassa, entrò e si sedette.

Caterina era davvero sgualcita e lui se ne accorse, aveva i begli occhi neri iniettati di sangue e arrossati.

Il suo sguardo gli stava leggendo dentro. Basta recite.

«Agente Martelli, sono stato io a uccidere Edoardo Balti. Quel bastardo mi ha rovinato la vita».

L'uomo scoppiò in un pianto disperato, poi raccontò la sua storia.

«Devo ammettere che la colpa è soprattutto mia. La notte del cosiddetto stupro la ragazza era consenziente. Abbiamo fatto sesso sulla mia macchina fuori dalla discoteca e che fosse drogata non ne avevo idea, in quanto lo ero anch'io. Il problema è che lei poi non si ricordava niente e ha pensato di essere stata stuprata. Il dottor Balti, che godeva di una grande stima anche presso le forze dell'ordine, aveva fatto riaffiorare il ricordo del tatuaggio che ho all'inguine, ma lei non ha mai ricordato lo stupro. Purtroppo, il rapporto è stato violento e devo averle lasciato dei segni, ma non l'ho certo stuprata. I giudici non mi hanno creduto e mi sono fatto diversi anni di carcere, dove, come le ho già detto, sono stato abusato. Da quando sono uscito, non ne è più andata dritta una e quando ho saputo del suicidio della ragazza, non ci ho visto più».

Caterina, che aveva ascoltato con attenzione, disse al ragazzo che non poteva provare quello che stava dicendo. In cuor suo però sapeva che quella era la verità. Glielo leggeva negli occhi.

«Mi dispiace Piermario, ma non siamo noi i giudici. Non si può uccidere una persona così, a sangue freddo. L'omicidio è un reato molto grave. Adesso dimmi com'è andata».

L'uomo si calmò un attimo e proseguì.

«Sapevo della passione sfegatata del dottore per il Novara e, visto che sono uscito dal carcere pochi giorni prima della promozione in serie C, mi è venuta subito l'idea di ucciderlo durante la festa. Ero sicuro che ci sarebbe andato. Così ho comprato una pistola al mercato nero. Quella sera mi sono aggregato alla folla di tifosi e, quando è stato il momento buono, gli ho sparato alle spalle, simbolicamente, come lui aveva fatto con me. Avevo nascosto un sacchetto dietro al palco, ho indossato un grosso k-way e sono sparito nella notte, poi mi sono lavato in un parchetto deserto e me ne sono tornato alla festa con degli abiti identici, ma puliti. Il sacchetto con gli abiti sporchi l'ho messo in macchina e la mattina dopo ho bruciato tutto».

Caterina rimase basita dal racconto. Improvvisamente tutto tornava.

«Piermario Braschi, ti dichiaro in arresto per l'omicidio di Edoardo Balti».

Un agente accompagnò l'uomo, ormai rassegnato, fuori dalla sala interrogatori.

Caterina aveva risolto quel caso, ma c'erano ancora due donne in mano a dei pericolosi assassini. Anche se quel caso lo stava seguendo un'altra divisione, lei non poteva restare indifferente.

Entrò nell'ufficio di Crypto, che era addormentato.

Si erano spremuti tutti troppo, per adesso non si poteva fare altro.

Caterina radunò la squadra e mandò tutti a casa per tre ore. Dovevano riposare. Anche lei eseguì il suo ordine.

Ore 18 - 6 ore…

Non so nemmeno da dove cazzo partire. Virginia e Marika possono essere ovunque, Belotti è fuori gioco, Margot mi pressa, cazzooooooooooo.

Caterina non aveva dormito un minuto. Aveva passato le tre ore libere a cercare una soluzione per il problema Margot.

Si maledisse per non averla denunciata tempo prima, quando le aveva permesso di fuggire dopo l'omicidio a sangue freddo di un pericoloso delinquente. Doveva arrestarla e basta.

Non osava nemmeno immaginare il bordello che ne sarebbe uscito, se quella storia fosse diventata di dominio pubblico. Avrebbe perso tutto e tutti.

Ma Caterina non ci voleva pensare, doveva trovare una soluzione.

In realtà le era venuto in aiuto un vecchio collega, con cui aveva avuto una storia delle sue. Nonostante l'allontanamento di Caterina, lui si era dimostrato sempre carino, così ne era nata un'amicizia, che ogni tanto tornava utile.

Giorgio Benetti, coetaneo di Caterina, aveva trovato un carcere nel barese, dove, grazie ad una sua conoscenza, poteva far trasferire Margot, senza che si sapesse che era una poliziotta.

Il problema era che doveva smuovere i piani alti e non sapeva davvero come fare.

Mentre la squadra continuava ad indagare sulla sparizione di Virginia e Marika, lei decise di tornare al carcere di Vercelli.

Voleva assolutamente parlare con Margot. Era disposta a perdere tutto, non era da lei scappare davanti alle responsabilità. Ma che cosa ne sarebbe stata della sua vita senza il lavoro? Aveva già provato quella sensazione.

La strada per Vercelli era costeggiata da risaie, un panorama tipico della nostra terra, pensò.

Erano grandi specchi d'acqua in questo periodo dell'anno.

Per radio stavano trasmettendo una vecchia canzone di Vasco, "Jenny è pazza", un pezzo autobiografico che descrive il Blasco in quel periodo, declinato al femminile. Una canzone di una potenza disarmante

Jenny è stanca, Jenny vuole dormire…

Caterina era Jenny in quel momento, ma non era ancora ora di dormire…

Trovò il direttore davanti al cancello del carcere.

Aveva la faccia di uno che le avrebbe strappato tutte le unghie delle mani, solo per il gusto di farlo.

«Caterina, abbiamo un fottuto problema» disse, guardando la poliziotta dritto negli occhi.

È finita, hanno scoperto tutto…

Il direttore stava sudando, nonostante fosse un fine giornata abbastanza fresco.

«Margot si è suicidata».

Caterina sbiancò. I suoi occhi neri appena contornati da un po' di eyeliner si sciolsero in un pianto disperato. In pochi secondi il trucco sbavò ma non le importava.

Il direttore rimase impassibile davanti a quella scena, lui stava già pensando ai fottuti problemi che avrebbe causato quella storia.

A Caterina passarono davanti gli ultimi anni: la sofferenza per la morte di Mario, la vicinanza di Margot, il modo in cui l'aveva sostituita e affiancata, il suo arresto per omicidio e adesso la sua morte

Era troppo, troppo per farcela ancora una volta.

L'ora successiva Caterina e il direttore la passarono davanti a un caffè nell'ufficio di quest'ultimo.

Margot si era suicidata sgozzandosi con una lametta. Dove e come se la fosse procurata era tutto da capire. Sarebbe stata avviata un'indagine.

Quando Caterina-riaccese il telefono, fu un'esplosione di notifiche: quindici chiamate non risposte e ben novanta WhatsApp

Le mail non le contò nemmeno, ci avrebbe pensato dopo. Adesso doveva fare una telefonata.

Belotti rispose al primo squillo, quindici minuti dopo Caterina era a casa sua.

«Riccardo, sono distrutta, ci mancava solo il suicidio di Margot. Virginia e Marika sono sparite, tu sei in aspettativa, ma cosa cazzo deve ancora succedere?»

Il capo la guardò con tristezza, poi disse: «Marika e Virginia sono appena state trovate cadaveri, abbandonate sul ciglio di una strada di campagna».

Caterina ebbe un capogiro, un calo di zuccheri, e finì lunga e distesa sul tappeto persiano del salotto.

Subito Belotti si precipitò, le sollevò amorevolmente le gambe e si affrettò a portarle un bicchiere d'acqua e zucchero.

La poliziotta si riprese quasi subito.

Belotti le spiegò che le due donne erano state freddate con un colpo alla nuca. Purtroppo i rapitori e assassini avevano fatto perdere le loro tracce. Ormai era un caso internazionale e loro non avevano più giurisdizione.

A quel punto Caterina si decise a fare tutte le telefonate che doveva.

La sua squadra era tornata a casa per qualche ora di riposo.

Lei si addormentò sul divano del suo capo. Lui, da vero signore, prese un lenzuolino e la coprì. La temperatura dell'aria condizionata nell'appartamento era di 20 gradi, a Belotti piaceva così.

Ore 00:00

Partita persa…

Cate è stanca, Cate vuole dormire… Cate è pazza, c'è chi dice anche questo…

Jenny è pazza (Vasco Rossi)

Il giorno successivo Novara era invasa dai giornalisti. Avevano tutti "fame di notizie".

Già l'omicidio di Edoardo Balti aveva fatto scalpore, ma ora le due donne morte e il suicidio di Margot avevano sconvolto la città. I giorni successivi sarebbero stati impossibili.

L'unica notizia positiva era che Belotti aveva ripreso il suo posto di lavoro, non se l'era sentita di abbandonare mentre la nave affondava.

La task force di Caterina era ormai un'utopia, dai piani alti volevano una testa e si vociferava fosse quella del povero Belotti.

Il caso Balti l'avrebbe tormentata per molto tempo, ma non come il pensiero di Margot. Il suo suicidio aveva strappato a metà il cuore di Caterina. Si sentiva in colpa? Ma certo, anche se Margot aveva assassinato a sangue freddo un pericoloso delinquente.

Appena saputo dell'accaduto Monica era tornata da Ibiza, dove era impegnata in un servizio fotografico come modella.

***

Venerdì mattina

La scampanellata del postino fu più intensa del solito.

"Raccomandata" gracchiò il citofono. Caterina si fiondò giù dalle scale, non voleva fosse una multa. Ci aveva dato dentro per bene in quei giorni con la macchina.

Era invece una busta bianca, di uno studio legale di Amsterdam…

Caterina si bloccò lì nell'atrio, la lesse tutta due volte, poi tornò in casa, si cambiò e andò in questura.

Un'ora dopo stava prendendo un caffè al bar del parco dei bambini. L'aria era calda come nel mese di luglio.

Il telefono continuava a squillare, ma lei non ci badava.

Aveva davanti a sé sei mesi di aspettativa. Alla fine, l'aveva presa lei, un po' per salvare Belotti, un po' perché doveva guardarsi dentro. Era stanca, molto.

Il giorno dopo lei e Monica partirono per una vacanza "on the road" in giro per l'Europa. Avrebbe avuto modo di riflettere su tante cose.

Arrivarono a Parigi, posteggiarono la Mini nel garage dell'hotel e uscirono nella notte francese. La tour Eiffel era illuminata e Novara era lontana…

Al ritorno avrebbe dovuto fare un viaggio ad Amsterdam… Le venne un brivido…

Fine

Nota dell'autore

Sperando che questo racconto vi sia piaciuto, vi invito a seguire le pagine social della serie:

Le indagini di Caterina Martelli-Novara (Facebook)

@leindaginidicaterinamartelli (Instagram)

Quest'ultimo racconto lo dedico a me stesso. Ho appena compiuto 46 anni e da quattro anni scrivo le storie di Caterina.

Questo è il racconto numero 23, sempre frutto della mia fantasia.

Spero non mi manchi mai l'ispirazione.

Grazie a voi che mi leggete, siete tutto e l'essenza di tutto. Senza lettori non ci sono scrittori.

Ore 02:15

Alessandro Ardizio

www.ingramcontent.com/pod-product-compliance
Lightning Source LLC
Chambersburg PA
CBHW051251150726
48001CB00019B/2563